KB021005

오빠가 미운 날

글 곽영미 그림 김혜원

오빠가 미운 날

글 곽영미 그림 김혜원

숨쉬는
책공장

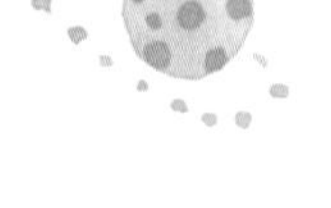

차례

1. 수아가 있어서 살아요

"엄마!"

엄마가 유치원으로 들어서자 수아는 쪼르르 달려가며 생각했다.

'아직 4시밖에 안 되었는데.'

엄마는 수아 담임 선생님을 만나 얘기를 나누려고 일찍 유치원에 왔다. 엄마는 늘 종일반인 수아를 6시가 다 되어서 데리러 왔다. 엄마가 오빠의 치료사 선생님과 상담이 늦어질 때면 수아는 유치원에 혼자 더 남아 있기도 했다.

"수아야."

엄마가 수아를 안고 빙그레 웃었다. 수아는 기분이 좋았다.

"상담 끝나고 좀 이따 보자."

"응."

엄마는 선생님을 따라 상담실로 들어갔다. 열린 문틈 사이로 엄마가 보였다. 수아는 인형을 안은 채 엄마 목소리에 귀 기울였다.

"수아는 착하고, 뭐든 열심히 해요. ……초등학교 가서도 잘할 거예요."

"네. 감사합니다. 집에서도 얼마나 착한지 몰라요. 오빠도 잘 챙기고요."

"맞아요. 유치원에서도 오빠 자랑을 많이 해요."

선생님은 수아가 예전에 했던 정현이에 대한 말들을

늘어놓았다. 엄마는 선생님이 건넨 화장지로 눈가를 두드렸다.

"선생님, 제가 수아 때문에 살아요."

수아는 인형을 쓰다듬으면서 고개를 떨구었다. 콧등이 찡했다. 엄마가 불쌍했다.

"엄마, 괜찮을까?"

수아가 묻자 엄마는 운전하면서 자동차 거울로 수아를 쳐다보며 물었다.

"뭐가?"

수아는 대꾸하지 않은 채 고개를 돌렸다. 엄마는 수아 옆에 앉아 핸드폰을 만지작거리는 정현이를 쳐다보았다.

"오빠 괜찮을 거야. 오늘은 지하로 들어가면 모를 수도 있어."

"엄마, 난 괜찮아. 내일 아빠랑 오면 돼."

"아니야. 엄마가 약속했잖아. 같이 가서 선물 사 준다고. 오늘은 오빠도 괜찮을 거야. 치료실에서도 아주 좋았어."

"우리 착한 오빠, 오늘은 조금만 참아 줘. 알았지?"

수아는 정현이의 머리를 쓰다듬으며 나직이 말했다. 그러고는 자신을 보는 엄마를 향해 미소를 지었다. 정현이는 핸드폰 게임에 몰두하느라 아무 반응이 없었다.

드디어 대형 마트에 다다랐다. 수아는 정현이를 곁눈질했다. 엄마도 긴장한 듯 자동차 거울로 정현이를 흘끔거리며 자동차를 지하 주차장으로 재빨리 몰았다.

수아 가족은 늘 주말이면 장을 보러 이곳에 온다. 하지만 다른 가족처럼 가족이 함께 장을 볼 수 있는 건 아니다. 엄마와 정현이는 늘 아이스크림 가게에서 아이스크림을 먹고, 열대어인 구피를 봐야만 했다. 그사이 아빠와 수아는 엄마가 적어 준 대로 장을 봤다. 그러고는 다시 엄마와 자동차에서 만나 집으로 돌아왔다.

"역시 무리였나 봐."

"괜찮아. 내일 아빠랑 와서 살게."

수아는 아이스크림을 먹으며 밝게 말했다.

"근데 엄마, 오빠는 어떻게 그 길을 알았을까? 한 번도 가 본 적이 없잖아?"

"그러게. 오빠 머릿속엔 마트 건물 구조가 다 들어 있나 봐."

정현이는 엄마가 지하 주차장에 자동차를 세우자마자 자동차 문을 열고 1층에 있는 아이스크림 가게로 뛰어 올라갔다. 엄마는 늘 지상에 자동차를 세웠기에 정현이가 모를 거라고 여겼는데, 정현이는 정확히 계단을 올라 모퉁이를 돌고 아이스크림 가게로 들어갔다.

"어이구, 우리 오빠 대단해. 오빠, 나 내일 커다란 인형 살 거다. 좋겠지?"

수아는 정현이의 볼을 살짝 만지며 중얼거렸다.

"이번엔 엄마가 직접 졸업 선물로 곰 인형을 사 주고 싶었는데……."

엄마는 늘 정현이를 먼저 챙기는 수아가 대견하면서도 미안한 마음이 컸다. 정현이를 챙기느라 수아는 늘 뒷전이었다.

수아는 아빠가 회사에서 돌아오자 재빨리 뛰어나가 오늘 있었던 일을 얘기했다.

"길을 어떻게 알았는지 몰라. 엄마랑 나도 몰랐는데. 오빠 정말 대단해."

"정말? 정현이가 그랬단 말이야?"

아빠는 수아를 안아 올리고, 식탁에서 초콜릿을 먹는 정현이에게 다가갔다. 정현이가 아빠를 안겠다고 양

팔을 벌렸다. 아빠는 수아를 곧 내려놓고는 정현이를 안았다.

"우리 정현이 대단하네."

아빠가 정현이를 마구 흔들자, 정현이가 흐흐흐 소리를 내며 웃었다. 수아는 아빠 바지 자락을 살짝 잡아 당기며 말했다.

"그래서 결국 엄마랑 곰 인형은 못 샀어요. 하지만 주말에 아빠랑 가서 사면 되니까 난 괜찮아요."

"그래. 우리 수아 착하지. 아빠랑 같이 가서 사자."

아빠가 쳐다보자 수아는 빙긋 웃고는 고개를 끄덕였다.

2. 가족사진을 찍는 건 힘들어

아침부터 엄마는 바쁘게 움직였다. 오늘은 수아 유치원 졸업식이다.

수아가 정현이를 화장실로 데려가며 말했다.

"오빠, 이제 양치하자. 이리 와. 칫솔에 치약부터 짜고……."

수아가 엄마 대신 정현이를 씻겼다.

"치카치카 퉤 하고 그래. 우리 오빠 잘하네. 이제 물로 헹구고, 물도 뱉어야지."

정현이는 수아가 시키는 대로 순순히 따라 하자 씻기를 금세 끝냈다.

엄마가 나비넥타이를 보이며 정현이에게 다가왔다.

“정현아, 딱 한 번만 하자. 나비넥타이 멋지지?”

오빠가 앵무새처럼 엄마 말을 따라 했다.

“나비넥타이 멋지지?”

엄마는 정현이가 말을 따라 하는 틈에 서둘러 정현이 목에 나비넥타이를 둘렀다. 수아는 분홍색 원피스를 입으며 힐끗 쳐다보았다. 정현이는 나비넥타이는 물론이고, 고깔모자를 쓰는 것도 싫어했다. 심지어 이름표를 목에 거는 것도 싫어한다. 정현이는 바로 “싫어, 싫어!”라고 말하고는 나비넥타이를 잡아당기고 목에서 빼냈다.

“하기 싫다는데, 그냥 하지 마요.”

아빠 말에 엄마는 바로 그만두며 아쉬워했다.

“이 옷에 나비넥타이만 하면 정말 멋진데.”

유치원은 아이들뿐만 아니라 엄마, 아빠, 할아버지, 할머니들로 붐볐다. 수아는 친구 혜민이를 보자마자 달려갔다. 정현이가 블록장에서 놀자 엄마는 다른 엄마들과 인사를 나누었다.

"형, 이리 줘. 그거 내가 만든 거야."

블록장에서 정현이와 같이 있던 기준이가 소리쳤다.

"달라고!"

정현이가 아무 반응도 없자 기준이는 짜증을 내며 정현이를 밀쳤다.

"오빠!"

수아는 넘어진 정현이를 일으켰다.

"너희 오빠야? 네 오빠 왜 이래?"

기준이가 퉁명스럽게 물었다. 수아는 입술을 비죽이며, 기준이를 노려보았다. 정현이가 다른 블록을 집어 들었다.

"그래. 우리 오빠는 우리랑 달라. 다른 건 나쁜 게 아니야. 예전에 선생님이 알려 줬잖아."

"맞아."

수아 말에 옆에 있던 혜민이가 거들었다.

정현이는 어느새 블록으로 멋진 자동차를 만들었다. 수아와 혜민이가 정현이가 만든 자동차를 보며 놀라며 말했다.

"우아! 진짜 잘 만들었다."

기준이는 정현이가 만든 블록을 흘끗 쳐다보았다. 수아는 그런 기준이가 들으라는 듯 일부러 크게 말했다.

"우리 오빠 블록 진짜 잘 만들어. 집에도 많이 있어."

기준이는 입을 비죽이며 아무 말도 하지 않았다.

졸업식이 시작되자 엄마는 정현이를 데려갔다. 수아는 어깨를 펴고 당당히 졸업식장으로 들어갔다.

“오빠, 같이 사진 찍자.”

수아는 손에 힘을 주며 정현이의 손을 잡아끌었다.

“싫어, 싫어.”

정현이는 수아의 손을 세차게 뿌리쳤다.

“정현아, 오늘 수아 유치원 졸업식이니까 같이 사진 찍자.”

“그래, 얼른 와.”

엄마, 아빠가 손을 내밀었지만 정현이는 계속 블록만 할 뿐이었다. 아빠가 정현이를 일으켜 세웠다.

“우리 정현이, 착하지. 얼른 일어나 봐.”

아빠가 달래도 정현이는 두 발을 걷어차며 심하게 몸부림쳤다. 엄마가 말렸지만 정현이의 상태는 되레 더 나빠졌다. 정현이는 뒤로 나자빠지면서 ‘으악’ 하고 소리까지 질렀다. 주변 사람들이 모두 놀란 얼굴로 쳐다봤다. 혜민이도 눈이 휘둥그레졌다. 멀리 있던 기준이도

달려왔다. 수아는 얼굴이 붉어졌다.

수아 가족은 정현이가 진정될 때까지 기다렸다. 조금 뒤 정현이가 아무 일 없다는 듯 일어났다. 결국 졸업식 사진은 정현이를 빼고 찍었다. 엄마, 아빠는 그게 아쉬웠는지 모두 돌아간 빈 유치원 건물 앞에서 다시 가족사진을 찍어 보려 했다. 아빠가 카메라를 들고 정현이를 수십 번 넘게 부르며, 사진을 여러 장 재빨리 찍었다.

"정현아, 여기, 정현아……."

엄마, 아빠의 목소리와 찰칵대는 카메라 셔터 소리가 반복되었다. 그렇게 많은 사진을 찍었지만 정현이가 앞을 보고 있는 사진은 단 한 장뿐이었다.

3. 정현이의 가방

수아는 정현이의 가방을 들어 보았다. 가방은 깃털처럼 가벼웠다. 안에는 교과서가 아닌 실내화와 초콜릿 몇 개만 있었다. 수아는 정현이의 가방과 자신의 가방을 번갈아 들춰 메고는 한숨을 내쉬었다.

처음 초등학교에 입학하고 새 교과서를 받을 때는 기분이 날아갈 것 같았다. 하지만 책이 한두 권이 아니었다. 게다가 무겁기까지 했다. 초등학교에 들어간 지도 벌써 한 달이 지났다. 초등학교에 가면 모든 게 마냥 좋을 줄 알았는데, 무거운 가방만큼 힘들었다.

"엄마, 오빠는 좋겠어."

"왜?"

"가방이 가벼워서. 오빠는 학교에서 공부 안 해?"

"오빠도 공부하지."

"근데 왜 교과서가 없어?"

"교과서는 학교에 있어. 근데 오빠는 공부보다는 어떻게 놀아야 하는지를 배우는 게 더 중요해서 노는 걸 더 많이 배워."

수아는 고개를 끄덕였다.

"우리 오빠는 좋겠다. 학교에서 공부도 조금밖에 안 하고. 무거운 책가방도 안 메도 되고."

수아는 정현이의 볼을 살짝 꼬집으며 장난스럽게 웃었다. 정현이도 싫지 않은지 헤헤거렸다. 그런 수아를 보며 엄마가 말했다.

"엄마가 학교까지 데려다줄까?"

무거운 가방 때문에 엄마들과 함께 학교에 오는 아이들도 있었다.

"진짜? 그럼 오빠는?"

수아가 좋아하며 물었다.

"조금 일찍 나가면 돼. 아니면 이제 학교 버스 태워 볼까?"

엄마 말에 수아는 금세 풀이 죽어서 고개를 저었다.

엄마는 아침마다 정현이를 태우고 집에서 40분 가까이 걸리는 정현이의 특수 학교로 간다. 물론 집 앞까지 학교 버스가 오지만 정현이는 학교 버스를 타지 않는다. 타지 않는 게 아니라 탈 수가 없다. 정현이가 매번 버스에 타지 않겠다고 고집을 피우기 때문이다. 엄마가 끝없이 정현이와 실랑이를 벌였지만 정현이의 고집을 꺾을 수 없었다.

"아냐. 괜찮아, 엄마. 그냥 내가 걸어갈게. 오빠 학교에 잘 데려다줘."

엄마는 아무 말도 하지 않았다.

엄마가 저녁 준비를 끝내고 수아를 불렀다.

"수아야, 밥 먹자. 얼른 와."

엄마는 정현이를 식탁에 바르게 앉혔다. 수아가 식탁에 놓인 음식을 보며 말했다.

"또 오빠가 좋아하는 카레구나."

"카레 싫어? 너도 좋아하잖아?"

엄마가 놀란 눈으로 물었다.

"……응. 나도 좋아."

수아는 살짝 미소를 지었다. 엄마는 정현이가 먹을 수 있도록 노란 카레를 정성스럽게 비볐다. 카레를 먹는 동안 정현이는 소매로 몇 번이나 입술을 닦아 냈다. 엄마는 그럴 때마다 휴지로 다시 닦아 주었다.

수아가 학교 교문으로 들어서는데 민지 목소리가 들렸다. 민지는 수아의 짝꿍이다.

민지 오빠인 영준이가 들고 있던 민지 가방을 바닥에 툭 떨어뜨렸다.

"야, 이제부터 네 가방 네가 들고 가."

"엄마가 교실까지 들어 달라고 했잖아."

민지가 화를 내자 영준이가 '메롱' 하고는 교실로 뛰어갔다.

"엄마한테 다 이를 거야. 바보."

민지는 툴툴대면서 가방을 집어졌다.

"너도 오빠 있어?"

민지가 물었다. 수아는 눈을 동그랗게 뜨고 민지를 바라보았다.

'응, 있어.'

수아는 분명히 대답하려고 했는데 어찌 된 일인지

목구멍까지 올라온 말이 나오지 않았다.

'왜 묻는 걸까? 우리 오빠가 장애인이라는 걸 아나……?'

민지의 말에 수아의 머릿속이 뒤죽박죽되었다.

"우리 오빠는 만날 나를 괴롭혀. 자기가 더 못생겼으면서 나 보고 자꾸 오징어래."

민지는 오빠 흉을 봤다. 수아는 그제야 걱정을 멈추었다.

'만약 민지가 우리 오빠를 알게 되면 어쩌지? 날 놀리거나 싫어하면……?'

"아, 언니가 있으면 얼마나 좋을까? 누가 오빠를 잡아가 버렸으면 좋겠어!"

민지는 눈을 이상하게 뜨고 두 손을 올리며 귀신 흉내까지 내며 말했다.

"맞아! 우리 오빠도 그래. 만날 나만 괴롭혀. 오빠가 사라졌으면 좋겠어."

수아 말에 민지가 깔깔깔 웃었다. 수아도 따라 웃는 척했다. 하지만 수아는 모든 게 싫어졌다. 장애인 오빠가 있는 것도, 그런 오빠가 없는 민지까지도.

4. 노란색이 제일 싫어

수아가 학교를 마치고 집으로 돌아가고 있었다. 육교에 올라서자 수아 눈에 노란 장애인 택시가 들어왔다. 수아는 2년 전 일이 떠올라 인상을 찌푸렸다. 여섯 살 때였다. 개나리가 막 피기 시작한 봄날, 유치원 버스를 타고 가는데 정현이네 학교 버스가 지나갔다.

"우리 오빠 학교 버스다!"

수아는 반가운 마음에 자신도 모르게 소리쳤다. 그러자 장난꾸러기 한 아이가 수아에게 물었다.

"어? 저건 장애인 학교 버스인데 너희 오빠도 장애인이야? 그럼 말도 못해?"

'아냐. 우리 오빠는 장애인 아니야. 말할 수 있어.'

수아는 얼굴이 빨개진 채 아무 대꾸도 하지 못했다.

그 뒤부터 수아는 노란색이 싫어졌다. 병아리, 개나리, 바나나, 노란 유치원 버스, 정현이가 좋아하는 노란 카레까지. 노란색만 보면 정현이 얼굴이 겹쳤고, 장애인이라는 말이 떠올랐다.

수아는 현관문을 열고 큰 소리로 '엄마' 하고 불렀다. 당연히 아무 대답도 들려오지 않았다. 엄마는 없었다. 수아가 학교 수업을 마친 오후에 엄마는 정현이의 수영장과 치료를 위해 이곳저곳을 다닌다. 다른 아이들이 학원을 다니는 것처럼 말이다. 엄마와 정현이는 6시가 넘어서야 집으로 돌아온다. 수아는 재빨리 핸드폰을 꺼내 엄마에게 전화를 걸었다.

"엄마."

"응, 수아야. 왜?"

엄마는 수아가 대답하기도 전에 말을 이었다.

"밥 잘 챙겨 먹고 있어. 오빠 수영장 갔다가 갈게. 조금만 기다려."

엄마는 재빨리 전화를 끊었다. 수아는 전화기를 소파에 집어던지고는 서랍장 위 정현이 사진들을 노려보았다. 그곳에는 수아 졸업식 사진도 있었다.

"싫어. 오빠가 세상에서 제일 싫어! ……사진도 제대로 못 찍으면서."

수아는 정현이를 구경하던 사람들과 놀란 기준이의 모습이 선명하게 떠올랐다. 수아는 정현이의 사진을 밀치며 있는 힘껏 소리쳤다.

"오빠는 엄마 핸드폰 사진 속으로 들어가 버려!"

정현이는 엄마 핸드폰 사진에서만 잘생겼다. 사진 속에서만 혼자 밥을 먹을 수 있고, 목욕을 할 수도 있다. 슈퍼에서 물건도 살 수 있다.

수아는 정현이의 이런 사진이 수십 장, 아니 수백 장 찍은 사진 중 어쩌다 걸린 한 장이라는 걸 알고 있다. 모두 가짜라는 걸. 수아는 정현이가 진짜 오빠라면 엄마 핸드폰 사진 속 모습이어야 한다고 여겼다. 동생을 챙기고, 동생보다 무엇이든 잘하는 그런 오빠 말이다.

수아는 엄마가 들어오자마자 달려가 안겼다.

"……간식은 먹었어?"

"아니."

수아 대답에 엄마 얼굴이 어두워지자 수아는 웃으며 말했다.

"오빠랑 같이 먹으려고. 오빠, 얼른 손 씻고 나랑 간식 먹자."

수아가 정현이를 데리고 화장실로 들어갔다. 수아는 고마워하는 엄마의 눈빛을 느낄 수 있었다.

"오빠 비누칠 잘해야지? 이렇게 거품 내서 비벼야 해."

수아는 정현이의 손을 잡고 비누칠을 했다. 정현이는 씻기 싫은지 자꾸만 손을 뺐다. 수아는 정현이의 손목을 아프게 꽉 쥐고 비누칠을 오랫동안 하게 했다.

'손도 제대로 씻지 못하는 오빠가 어디 있어! 손은 스스로 씻는 거야. 스스로!'

수아는 속으로 생각했다. 그리고 정현이의 손목을 풀어 주며 말했다.

"오빠, 얼른 손 씻고 오빠가 좋아하는 과자 먹자. 어서!"

정현이는 비누 거품을 제대로 씻지도 않고 물을 잠갔다. 그러고는 서둘러 수건에 손을 대충 닦고 화장실 밖으로 나갔다.

"오빠, 수건에 잘 닦아야지."

수아가 쫓아가 정현이를 잡고 손을 다시 닦게 했다. 정현이는 '끙' 하며 싫은 소리를 냈다.

'바보. 싫으면 싫다고 말을 해.'

수아는 늘 하던 것처럼 정현이와 간식을 먹었다. 정현이는 입안이 가득 찼는데도 또 손을 뻗어 과자를 움켜쥐었다. 수아는 자꾸만 과자에 욕심을 내는 정현이의 손등을 찰싹 내리치고 싶었다. 싱글벙글거리는 정현이의 모습에 화가 치밀었다. 수아는 너무 화가 나서 바락 소리를 지를 뻔했다.

"엄마, 나 받아쓰기 숙제할래요. 오빠, 다 먹어."

수아는 정현이에게 과자 그릇을 툭 밀고, 방으로 들어갔다. 문을 조심스레 잠그는 것도 잊지 않았다.

"보기 싫어. 오빠가 보기 싫어 죽겠어. 오빠가 사라졌으면 좋겠어."

수아는 문에 기대어 씩씩댔다. 2년 전 정현이가 사라

졌던 그날로 돌아간다면 자신은 절대 울지 않을 거라고 생각했다.

2년 전, 수아네가 장을 보는 마트가 처음 문을 열었을 때였다. 수아네 식구들은 그날 그곳에서 정현이를 잃어버렸다. 엄마, 아빠는 방송을 내보내고, 수아를 마트 직원에 맡긴 채 5층이나 되는 마트를 구석구석 쉴 새 없이 찾아다녔다.

"이거 먹을래? 오빠 곧 찾을 거야."

마트 직원인 아주머니는 울먹이는 수아에게 초콜릿을 내밀었다.

"오빠 줄래요. 초콜릿은 오빠가 제일 좋아하는 거예요."

아주머니는 수아의 머리를 쓰다듬었다.

"동생이 참 착하구나. 걱정 마. 오빠 금방 찾을 거야."

수아는 검지 손톱을 잘근잘근 씹어 물었다. 정현이를 영영 못 찾을 것만 같아 무서웠다.

30분 뒤 정현이를 찾은 곳은 1층 구석에 있는 아이스크림 가게 안 판매대였다. 정현이는 초콜릿 아이스크림을 달라고 계산대 앞에서 떼쓰고 있었다.

5. 블록이 부서진 날

저녁을 먹고 수아는 정현이를 불렀다.

"오빠, 양치해야 해. 얼른 이리 와. 엄마, 내가 오빠 양치시킬게."

엄마는 설거지를 하느라 듣지 못했다. 정현이는 순순히 와서 치약을 짰다.

"자, 나처럼 이렇게 치카치카 해 봐."

하지만 정현이는 금세 칫솔을 바닥에 던지고 도망쳤다. 수아가 쫓아가 정현이의 다리를 잡았다.

쿵 소리와 함께 정현이가 넘어지며 무릎을 바닥에 찧었다. 정현이는 아픈지 소리 내 울었다. 수아는 손으로 정현이의 입을 재빨리 막았다. 엄마가 알까 겁이 났다.

"괜찮아. 울지 마. 내가 초콜릿 줄게. 얼른 뚝."

수아는 정현이가 다쳤을까 걱정이 되어 바지를 올려 보았다. 다행히 피도 나지 않고, 멍도 들지 않았다. 수아는 엄마 눈치를 보며 중얼거렸다.

"오빠가 혼자서 넘어진 거야."

다행히 정현이가 울음을 그치고 다시 일어났다. 하지만 여전히 칫솔을 잡지 않겠다고 낑낑댔다. 수아는 화가 났다.

"이 고집쟁이! 양치 안 하면 이가 다 썩는다고. 이가 다 썩어서 치과 가서 이 뽑고 싶어? 치과도 못 가면서."

수아는 정현이가 집어던진 칫솔을 씻으며 화를 냈다. 정현이는 본체만체하고 거실로 뛰어갔다.

'정말 미워 죽겠어. 고집쟁이에다가 만날 소리만 지르고. 아무것도 할 줄도 모르고. 바보. 오빠는 바보야. ……왜 우리 오빠는 장애인일까? 다른 친구들 오빠는 모두 장애가 없는데, 왜 우리 오빠만…….'

수아는 민지가 부러웠다.

'아무리 장난꾸러기여도 장애인만 아니면 돼.'

엄마는 정현이의 초콜릿 과자를 사러 슈퍼에 갔다. 수아는 학교 숙제를 끝내고 받아쓰기 연습을 하려는 참이었다. 텔레비전을 보던 정현이가 갑자기 수아의 피아노로 달려갔다.

"건들지 마. 내 꺼야!"

수아가 소리쳤지만 정현이는 단숨에 피아노 뚜껑을 열고 건반을 마구 누르기 시작했다. 피아노를 부술 것처럼 요란스럽게 쳤다.

"그렇게 치면 고장 나! 얼른 내려와."

수아는 정현이를 세차게 밀었지만 소용없었다. 정현이의 힘이 만만치 않았다. 수아는 힘을 써도 정현이를 말릴 수 없자, 정현이가 제일 좋아하는 자동차 블록을 꺼내 정현이에게 들이밀었다. 그제야 정현이가 피아노 아래로 내려왔다.

"오빠가 내 피아노 부쉈으니까 나도 오빠 블록 부술 거야."

수아는 블록을 바닥에 떨어뜨리고 발로 쿵쿵쿵 밟았

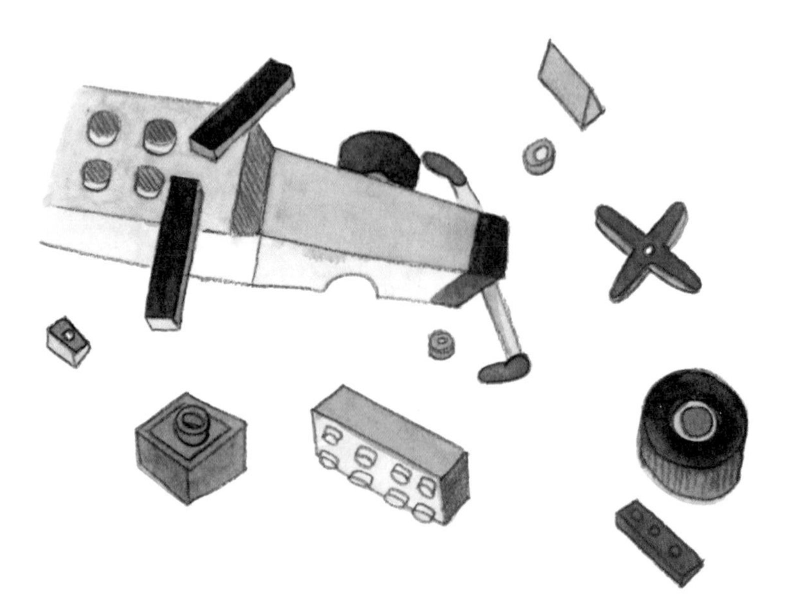

다. 정현이는 울음을 터트렸다. 그러고는 자신의 머리를 때리기까지 했다. 수아는 씩씩대며 끝내 블록을 다 부수었다. 정현이는 눈물을 뚝뚝 흘리며 부서진 블록을 손에 쥐었다. 수아는 조금 미안한 생각이 들었다.

"오빠가 먼저 그랬잖아. 오빠가 내 피아노 함부로 만졌잖아."

그때, 현관문이 열리고 엄마가 들어왔다. 거실로 들어오던 엄마는 정현이와 수아를 번갈아 바라보았다.

"무슨 일이야?"

수아는 입술을 질끈 깨물고 엄마를 쳐다보았다.

"정현아, 괜찮아. 그만 울어. 울지 마."

엄마는 짐을 내려놓고 정현이를 껴안고 달랬다.

'저것 봐. 엄마는 언제나 오빠가 먼저야. 늘 오빠만 달래 주고.'

수아의 눈가가 붉어졌다. 수아는 울지 않으려고 눈

에 잔뜩 힘을 주었다.

"괜찮아, 정현아. 울지 마. 뚝. ……수아야, 오빠 왜 울어?"

"몰라. 내가 어떻게 알아! 오빠가 블록 꺼내서 밟은 거야."

수아는 퉁명스럽게 말하고는 방으로 들어갔다.

수아는 비밀 일기장을 꺼내 적어 내려갔다.

나는 나쁜 아이인 게 틀림없다.

나는 나쁜 아이다. 나는 거짓말쟁이다. 나는 오빠가 싫다.

오빠는 뭐든지 자기 마음대로 한다. 혼자서는 아무것도

할 수 없다. 늘 엄마, 아빠를 차지하는 오빠가 정말

싫다. 오빠가 사라졌으면 좋겠다. 아주 멀리, 오빠 별로

사라져서 영영 보고 싶지 않다.

수아는 일기장을 닫고, 서랍장 깊숙한 곳에 도로 넣었다. 그러고는 책상에 엎드렸다. 뜨거운 눈물이 수아의 볼을 타고 책상에 떨어졌다.

6. 정현이가 사는 별

수아가 여섯 살 때였다. 수아는 집에 도착하자마자 유치원 옷을 스스로 갈아입었다. 엄마는 오빠 옷을 갈아입히고 있었다.

"오늘 재미난 일 없었어?"

엄마가 수아에게 물었다. 수아는 오늘 아침에 봤던 노란 버스 얘기를 꺼낼까 말까 고민했다. 그러고는 엄마의 눈치를 살피며 조심스레 물었다.

"엄마, 오빠는 왜 말 못해?"

"엄마, 아빠라고 부를 수 있잖아."

엄마는 정현이가 말할 수 있는 두 글자로 된 단어들을 줄줄이 늘어놓았다.

'치, 그건 아가들도 하는 말이잖아.'

수아는 속으로 생각했다.

"엄마, 오빠는 나랑 왜 달라? ……왜 이상해?"

엄마는 정현이의 손을 잡고 화장실로 갔다. 수아도 뒤따랐다.

"수아야, 오늘 무슨 일 있었어?"

수아는 아침에 봤던 노란 버스와 친구들이 한 얘기를 말할까, 말까 망설였다. 하지만 엄마가 그 얘기를 들으면 속상할 것 같아 하지 않기로 했다. 수아가 고개를 젓자 엄마는 잠시 생각하더니 말했다.

"오빠는 우리랑 같이 살지만 오빠 머릿속에 있는 또 다른 별에 살기도 해서 그래."

엄마 말에 수아가 물었다.

“그 별은 어떤 곳인데?”

엄마는 잠시 머뭇거렸다.

“그곳은 오빠만 볼 수 있고, 오빠가 좋아하는 것들이 가득한 곳이야. 그래서 오빠는 우리랑 다르게 보고, 다르게 생각해.”

수아는 믿기지 않았지만 머릿속으로 오빠의 별을 그려 보았다. 블록들이 길게 늘어져 있고, 온갖 종류의 장난감 자동차들이 가득한 곳, 사계절 내내 눈이 내리는 곳, 매일매일 초콜릿 과자를 먹을 수 있는 그곳에서 뛰어다니는 정현이의 모습이 떠올랐다.

“수아야, 잘 자.”

엄마가 들어와서 얘기했지만 수아는 대답하지 않고 이불을 푹 뒤집어쓰고만 있었다.

'와서 안아 줘. 나도 오빠처럼 안아 달라고.'

수아는 엄마가 오늘 밤에는 정현이가 아닌 자기와 함께 잤으면 했다. 하지만 엄마는 조용히 불을 끄고 방문을 닫았다. 수아는 눈물이 핑 돌았다. 오빠가 더 미워졌다.

그날 밤, 수아는 꿈을 꿨다. 꿈속에서 정현이가 수아의 받아쓰기 공책을 잘게 찢어서 날리고 있었다.

"그만둬. 그만두라고!"

수아가 아무리 발버둥을 치며 말렸지만 정현이는 그만두지 않았다.

"엄마, 엄마! 오빠 좀 말려 줘."

엄마는 힘없이 서 있기만 했다. 수아는 정현이를 향

해 윽박질렀다.

“오빠 싫어! 미워! 오빠별로 돌아가! 거기서 오빠가 좋아하는 것들 하고만 살아.”

수아는 자신의 잠꼬대 소리에 놀라 눈을 번쩍 떴다. 곧 깜깜한 어둠 속에서 일어나 불을 켰다.

책상 위 받아쓰기 공책은 그대로였다. 꿈이었다. 조금 뒤 수아는 다시 잠을 자려고 누웠지만 잠이 오지 않았다. 수아는 방문을 열고 나가 안방으로 갔다.

어둠 속에서도 엄마와 정현이가 꼭 껴안고 자고 있는 모습이 한눈에 들어왔다. 그 옆 침대에는 아빠가 누워 있었다. 수아는 자신이

고아처럼 느껴졌다.

'오빠가 없었다면…….'

수아는 정현이 자리에 누워 있는 자신을 상상했다. 정현이만 없다면 엄마, 아빠와 함께 행복할 것만 같았다.

이튿날 아침 수아는 제일 늦게 일어났다. 정현이는 벌써 일어나 엄마와 함께 밥을 먹고 있었다.

"수아야, 잘 잤어? 세수하고 밥 먹자."

엄마는 수아가 식탁에 앉자, 이것저것 수아의 밥에 반찬들을 올려 주었다. 수아는 그런 엄마가 부담스럽기도 했지만 한편으로 좋았다. 그래서 가만히 있었다. 정현이는 텔레비전에서 나오는 만화를 보며 만화 속 주인공의 이름을 불렀다.

"햄도 맛있어."

수아 말에 엄마가 햄을 올려 주었다. 수아는 입을 크

게 벌리고 숟가락을 입에 넣었다. 밥맛이 꿀맛 같았다.

"수아야, 오늘 저녁에 엄마가 좀 늦을지도 몰라."

수아는 엄마를 올려다보았다.

"오빠가 오늘 병원 가는 날이거든. 병원에서 좀 늦어질지도 몰라."

수아는 입술을 비죽이며 식탁에서 일어났다.

"혼자 저녁 먹으면 되잖아. 뭐, 만날 나 혼자서 밥 먹는데."

"엄마가 맛있는 거 많이 차려 놓고 갈게."

수아는 엄마의 말을 듣지 않은 채 화장실에 들어갔다. 엄마는 더 말하려다가 그만두었다.

조금 뒤 양치를 하고 나온 수아는 엄마 몰래 정현이가 보고 있는 텔레비전을 꺼 버렸다. 정현이가 소리를 질렀지만 모른 척하며 방으로 들어가 버렸다.

'오빠가 좋아하는 별로 가 버려. 거기서 살아.'

7. 모든 게 엉망이 되었어

수아는 엄마가 차려 준 밥을 먹지 않고, 방으로 들어와 책상 깊숙이 숨겨 놓은 비밀 일기장을 꺼냈다. 비밀 일기는 1년 전 처음으로 정현이를 몰래 꼬집기 시작했던 날부터 써 왔다.

요즘 수아는 가슴 속에 계속 뜨거운 불이 타오르는 것 같았다. 정현이가 점점 더 미워졌고, 정현이를 못살게 구는 횟수도 많아졌다. 가끔 엄마가 보는데도 정현이를 괴롭혔다. 몰래 꼬집거나, 발을 차거나, 장난감을 뺏

거나 일부러 과자를 떨어뜨렸다. 게다가 수아는 머릿속으로 더 심한 일들이 벌어지는 걸 상상했다. 수아는 자신이 상상한 대로 하고 싶은 마음이 들기도 하면서도 한편으로 누군가 수아가 그런 일들을 상상하는 걸 알까 두렵기도 했다.

토요일 오후, 수아 가족은 마트에 갔다.

"수아야, 오늘은 엄마랑 같이 장 보자."

"엄마랑? 왜?"

수아는 어리둥절했다. 그때 아빠가 정현이를 안고 뛰어가며 말했다.

"정현아, 얼른 가서 아이스크림 먹자. 아이스크림 가게로 출동!"

정현이가 엄마를 보며 손을 뻗었지만 엄마는 모른 척했다.

수아는 엄마와 장을 보는 게 낯설었지만 기분이 들떴다. 엄마는 필요한 물건을 사고, 수아에게도 사고 싶은 것을 사라고 했다. 장난감이든 먹고 싶은 것이든 모두 사도 된다고 했지만 수아는 인형 하나만 샀다.

자동차로 돌아왔는데 아빠와 정현이는 아직 도착하지 않았다. 엄마가 초콜릿을 꺼내 수아에게 내밀었다.

"오늘 엄마가 수아한테 할 얘기가 있어."

'할 얘기!'

수아는 초콜릿을 꿀꺽 삼키고 긴장한 채 엄마를 쳐다보았다.

"어제 아빠하고도 많이 얘기를 나눴어. 우리 가족 모두 상담이 필요한 것 같아. 그래서 엄마가 오빠 학교에 가족 상담을 신청했어."

수아는 무슨 말인지 알아듣지 못했다.

"엄마, 아빠가 상담을 받는 거야?"

"응. 수아도."

"나도? 내가 왜?"

수아는 인상을 썼다.

"가족 상담이잖아. 우리 가족 모두가 함께 받는 거야."

"난 필요 없어. 오빠 학교에 가기 싫어!"

수아는 몸을 돌리고는 자동차 문밖으로 고개를 돌렸다. 아빠와 정현이가 달려오는 게 보였다. 엄마는 서둘러 이어서 말했다.

"상담이지만 가족끼리 게임도 하고 얘기도 하는……."

아빠와 정현이가 자동차 안으로 들어오자 엄마는 말을 멈췄다.

"엄마랑 장은 잘 봤어?"

아빠가 물었지만 수아는 못 들은 척했다. 엄마와 아빠는 서로 눈치를 주고받았다. 수아는 머릿속으로 가족끼리 게임 하는 모습을 떠올렸다. 게임이 엉망진창으로 끝나는 모습이 그려졌다.

며칠 전부터 엄마, 아빠는 수아에게 학교에서 무슨 나쁜 일이 있는지 번갈아 물었다. 하지만 수아는 입을 꾹 다물었다.

수아는 모든 게 엉망이 되어 버렸다고 생각했다.

'엄마, 아빠는 내가 오빠를 괴롭힌다는 걸 알고 있어. 그래서 가족 상담을 신청한 거야. 모든 게 엉망이 되었어…….'

수아는 울지 않으려고 입술을 꽉 깨물었다.

블록이 부서진 그날 밤, 엄마는 정현이를 재우고 아빠가 오기를 기다렸다. 아빠는 회사 일로 많이 늦었다. 아빠가 엄마에게 물었다.

"무슨 일 있어?"

엄마는 망설이다가 수아 얘기를 꺼냈다. 블록 얘기부터 시작해서 몇 달 전에 언뜻언뜻 보였던 수아의 이상한 행동들을 설명했다. 아빠는 많이 놀랐지만 차분히 대꾸했다.

"애들끼리 싸울 수 있어. 수아도 화가 나서 거짓말을

할 수도 있잖아."

"하지만 그때 한 번이 아니었어. 생각해 보니, 자주 그랬던 같아."

엄마 말에 아빠가 한숨을 내쉬었다.

"아무래도 내가 수아한테 너무 신경을 못 쓴 것 같아. 학교 선생님이나 정현이 친구 엄마들 말 들어 보니까 그럴 수 있대. 수아가 말은 하지 않아도 스트레스를 많이 받을 수 있다고 해."

엄마 눈에는 눈물이 고였다.

"여보, 이제 어쩌면 좋지?"

아빠는 엄마 등을 토닥였다.

"괜찮을 거야. 괜찮아. 당신 잘하고 있어."

엄마는 온몸이 부서지는 것만 같았다.

8. 가족 캠프

'캠프라니!'

엄마, 아빠가 처음 캠프를 가자고 했을 때 수아는 기뻤다. 수아네는 지금껏 캠프를 가 본 적이 없었다. 하지만 엄마, 아빠가 말한 캠프는 일반 캠프가 아니었다. 가족 캠프로 정현이가 다니는 학교에서 준비한 캠프였다. 수아는 내키지 않았지만 1박 2일이어서 따라나섰다.

캠프에 도착하자마자 엄마, 아빠는 정현이 선생님과 얘기를 나누었다. 정현이 선생님은 수아에게도 인사를

건네며 물었다.

"수아는 오빠가 있어서 좋아?"

수아는 대답하지 않았다.

"오빠 있어서 별로야? 선생님도 오빠가 셋이나 있는데 너무 싫었어. 둘은 나를 괴롭히고, 부려 먹기만 했거든."

'차라리 그런 장난꾸러기 오빠였으면 좋겠어요. 선생님은 장애인 오빠가 없잖아요.'

수아는 속으로 생각하며 민지를 떠올렸다.

엄마, 아빠는 정현이를 데리고 운동장으로 갔다. 선생님은 수아 손을 잡으며 뒤따랐다.

"선생님 막내 오빠는 몸이 많이 아팠어. 몸을 잘 못 움직였거든. 그래서 늘 엄마, 아빠가 오빠만 챙겼어. 난 언제나 뒷전이었어. 어릴 때 그게 너무 싫어서 막내 오빠를 많이 괴롭혔어."

수아는 마치 자기 얘기를 하는 것 같아 놀랐다. 선생님이 장난스럽게 수아의 팔을 흔들며 말했다.

"수아도 그런 적 있구나. 있지?"

수아는 얼굴이 굳어졌다.

"어, 저기 봐. 정현이 잘 올라간다."

정현이가 줄을 잡고 높은 곳으로 올라갔다. 수아는 정현이가 떨어질까 걱정스러웠다. 선생님은 수아 마음을 아는 듯했다.

“걱정 안 해도 돼. 정현이는 높은 곳에 잘 올라가.”

“걱정 안 했어요.”

수아는 고개를 딴 데로 돌리며, 관심 없는 투로 대꾸했다.

“오빠, 안 돼!”

그때 뒤에서 소리가 들렸다. 수아는 정현이를 따라 올라가려는 효민이와 소리치며 뒤쫓는 효진이를 쳐다보았다.

'아까 기차에서 봤던 아이들이네. 쟤네 오빠도 장애인이야?'

효민이는 덩치가 크고, 기차에서 계속해 음식을 먹었다.

"오빠, 정말 그럴 거야? 내가 오빠 때문에 못살아. 거기 올라가서 떨어지면 어쩌려고 그래."

효진이는 떨어진 효민이를 일으키며 엉덩이에 묻은 흙을 툭툭 털어 주었다. 사람들이 모두 보고 있었지만 신경 쓰지 않았다.

"선생님 오셔서 음식 좀 드세요. 수아야, 너도."

엄마, 아빠가 고기가 담긴 그릇을 보이며 소리쳤다. 그때, 효민이가 앞질러 달려갔다.

"안 돼. 오빠!"

효진이가 뒤쫓아 갔지만 효민이는 벌써 닭고기를 입 속으로 집어넣고 있었다. 엄마, 아빠는 당황해서 접시와 효민이를 번갈아 보고만 있었다.

"아이 참, 오빠. 먹어도 되냐고 먼저 물어봐야지."

효진이는 아빠와 엄마에게 닭고기를 조금 줄 수 있는지 물었다.

"그럼. 당연히 같이 먹어도 되지."

"감사합니다. 오빠가 고기를 무지 좋아하거든요. 오빠도 인사해야지."

효민이는 효진이에게 팔을 붙들린 채 마지못해 고개를 꾸벅 숙였다. 수아는 창피한 줄도 모르고 닭고기를 먹는 효민이와 그 옆에 선 효진이의 모습을 빤히 쳐다보았다.

'넌 안 챙피해? 그런 오빠가 창피하지 않냐고……?'

수아의 눈길을 느꼈는지 효진이가 수아를 보았다. 수아는 재빨리 고개를 돌렸다.

점심을 먹고 정현이는 친구들, 선생님들과 함께 수영장에 갔다. 수아, 엄마, 아빠는 다른 가족들과 함께 체험방으로 이동했다. 방에는 다른 가족들이 모여 있었다. 효진이는 할머니와 함께 있었다.

선생님은 텔레비전을 켰다. 한 아이가 서 있는 사진 한 장이 보였다.

"지금 여기 사진 속 아이가 잘 보이시죠?"

모두 그 아이를 쳐다보았다.

"우리 눈에는 이 아이가 잘 보입니다. 우리는 이 아이를 둘러싼 다른 것보다 아이를 먼저 보니까요. 그런데 이 아이는 그렇지 않답니다. 이 아이가 어떻게 보는지 살펴볼까요?"

갑자기 화면이 바뀌더니 수십 장의 사진이 한눈에

들어왔다. 아이 모습, 도로 위 자동차, 큰 나무, 가게 간판, 지나가는 사람들까지 사진들이 담고 있는 모습은 제각각 달랐다. 아이 주변에 있던 크고 작은 배경과 물건들이 찍힌 사진들이었다.

"우리 아이들이 하나의 모습을 매번 이렇게 수십 장의 사진처럼 본다면 어떨까요?"

선생님이 말을 이었다.

"보는 것만으로도 힘들겠지요?"

수아는 정현이가 늘 사람의 얼굴을 쳐다보지 않던 모습을 떠올렸다. 왜 얼굴을 쳐다보지 않는지 늘 답답했었다.

9. 정현이의 시선

선생님이 영상을 틀며 말했다.

"우리 아이들은 낯선 곳에 잘 들어가려고 하지 않습니다."

영상에는 사진 속 여자아이가 건물로 들어서는 모습이 보였다. 여기저기서 다양한 소리가 들렸고, 배경과 사물들이 아이를 둘러싸고 정신없이 흘러갔다.

수아는 화면 속 뱅글뱅글 도는 영상 때문에 머리가 어지러웠다.

금방이라도 내 몸이 터질 것만 같아요. 잔뜩 흔든 콜라 처럼 말이에요.

화면 속 자막이 보였다.

그래서 내 머리를 때려야 해요. 내 몸이 터지지 않도록 내 머리를 때려야 해요.

곧 그 아이가 소리를 지르며 자신의 머리를 치자 선생님은 텔레비전을 껐다.

"이 아이는 낯선 공간에 들어서면 혼란스럽다고 합니다. 그곳에 있는 수많은 모습과 소리가 한꺼번에 눈과 귀로 들어오기 때문이랍니다."

엄마는 금방이라도 울 것 같은 표정이었다. 아빠는 엄마 손을 잡았다. 모두 충격에 빠진 모습이었다. 효진이도 놀란 얼굴을 하고 있었다.

"물론 우리 아이들은 서로 비슷하면서도 너무 많이 달라서 모두가 이렇다고 할 수는 없어요. 그래서 우리

아이들을 이해하기가 더욱 어렵지요."

수아는 계속되는 선생님 얘기가 하나도 들리지 않았다. 머리를 세게 맞은 것처럼 멍했다. 이제야 정현이의 행동이 조금 이해가 됐다. 정현이가 왜 자신을 똑바로 쳐다보지 못하는지, 낯선 공간에 들어설 때마다 소리를 지르고 힘들어하는지 말이다. 수아는 새로운 곳에 들어가지 못하는 정현이를 한심스러워했던 일이 또렷이 떠올랐다.

수아는 수영장으로 걸어가는 동안 정현이처럼 눈과 귀로 모든 모습과 소리들을 받아들여 보려고 노력했다. 선생님 말처럼 주변에서 들리는 소리들과 보이는 것들을 한꺼번에 모두 느끼려고 했다.

새소리, 자동차 소리, 매미 소리, 멀리서 들리는 아이들 소리, 바람 소리……. 건물들, 바람에 흔들리는 나뭇잎, 바닥에 떨어진 과자, 과자를 물고 가는 개미들…….

'매일, 매순간 이런 상태로 지낸다면 얼마나 힘들까?'

수아는 언제나 같은 길로만 가려는 정현이가 이해가 됐다.

"아빠, 오빠도 방금 전 영상 속 여자아이랑 같아?"

"응. 많이 비슷하지."

"그럼, 오빠도 머리를 때리는 이유가 그런 거야? 머리를 때리지 않으면 몸이 터질 것 같아서."

"아마도. 아빠도 잘 모르겠어. 그 아이는 자신이 왜 그런지 글로 표현할 수 있지만, 정현이는 글로 표현할 수 없으니까."

수아는 정현이도 글로 자신의 생각을 알릴 수 있으면 좋겠다고 생각했다.

"오빠도 그 아이처럼 글을 배울 수 있어?"

"글쎄, 그렇다면 좋겠지만 쉽지는 않을 거야."

아빠는 수아를 물끄러미 바라보며 미소를 지었다.

수아는 아빠의 얼굴이 슬퍼 보여서 마음이 무겁게 내려앉았다.

“약을 먹어도 고칠 수 없어?”

아빠가 고개를 끄덕였다. 수아는 자신도 모르게 한숨을 푹 내쉬었다.

수아와 아빠는 수영장으로 가는 사람들 중 가장 뒤처졌다.

“오빠 힘들겠다. 듣기 싫은 소리도 다 들리고, 보기 싫은 것도 다 보이고. 정말 힘들겠어. 우리만 힘든 줄 알았는데…… 오빠도 힘들겠어.”

아빠는 수아 손을 꼭 잡았다.

“수아야, 힘들면 힘들다고 얘기해. 싫으면 싫다고 하고. 응? 그래 줄 수 있지?”

수아는 걸음을 멈추고 아빠를 쳐다보았다.

"싫다고 해도 괜찮아?"

"그럼."

아빠가 수아를 마주 보고 힘차게 고개를 끄덕였다.

"내가 힘들다고 투정 부려서 엄마, 아빠가 날 싫어하면 어떡해?"

"아니야, 그렇지 않아. 힘들다고 투정 부려도, 싫다고 해도 엄마, 아빠는 널 싫어하지 않아. 이렇게 예쁜 우리 딸인데. 얼마나 사랑하는데."

아빠는 수아를 번쩍 안았다. 수아는 아빠 품에 안겨서 생각했다.

'오빠가 싫다는 것도, 오빠가 사라져 버렸으면 좋겠다는 것도……?'

정현이는 수영장에서 물 만난 고기처럼 신나게 헤엄

치고 있었다. 수영장에 들어간 효진이도 보였다. 수아도 수영복으로 갈아입고 물속으로 들어갔다. 그러나 정현이 곁으로 다가가지 못했다.

효진이는 효민이에게 물장구를 치고, 효민이 다리를 잡아당겨서 물을 먹이기도 했다. 그 모습이 마치 효민이를 괴롭히는 것처럼 보였다. 효진이는 다른 사람들 시선을 전혀 신경 쓰지 않고 효민이에게 장난을 치며 즐거워했다.

수아는 주위를 둘러보았다. 다른 사람들이 효진이를 지켜보고 있을 것만 같았다. 몇몇 사람들이 효진이를 보고 있었다.

"너도 오빠한테 가서 같이 장난치면서 놀아."

어느새 효진이가 다가와서 수아 등을 떠밀었다.

'장난을 치라고?'

수아는 뒤돌아서 효진이를 쳐다보았다. 효진이가 수

아 얼굴에 물을 뿌리며 말했다.

"이렇게 하라고!"

효진이는 수아가 자신에게 물을 뿌릴까 봐 재빨리 도망갔다.

수아는 헤엄을 치는 정현이를 바라보았다.

'괜찮을까? 괴롭히는 것처럼 보일 텐데.'

수아는 주변을 둘러보았다. 아무도 자신을 보고 있지 않았다. 효진이와 효민이는 서로에게 물을 뿌리며 장난을 치고 있었다.

수아가 천천히 정현이 곁으로 다가갔다. 정현이 앞에 서자 정현이가 흠칫 놀라 헤엄을 멈췄다. 하지만 곧 방향을 바꿔 앞으로 나아갔다. 수아는 더는 다가가지 못하고 얼음처럼 그 자리에 서 있었다.

10. 누군가를 이해한다는 건

가족 상담은 집과 학교를 오가며 매달 한 번씩 계속 되었다. 담임 선생님과 치료 선생님은 정현이가 하는 행동들을 비디오로 수아 가족들에게 보여 주고, 왜 그런 행동들을 보이는지 알려 주었다. 그리고 정현이 가족들과 함께 어떻게 해야 할지 함께 의논하고 고민했다.

수아는 여전히 정현이가 싫었지만 정현이의 행동을 조금씩 이해할 수 있게 되었다. 가족 상담 후, 엄마, 아빠는 선생님이 얘기한 것처럼 수아만을 위한 시간을 가지

려고 노력했다.

이제 수아는 엄마와 함께 장을 볼 수 있게 되었다. 정현이도 아빠와 단둘이 등산을 다닐 수 있게 되었다.

"수아야, 이거 정현이가 그린 그림이야."

정현이 선생님이 수아 얼굴 앞에 스케치북을 들이밀었다. 그곳에는 네 살짜리가 그린 것 같은 엉성한 사람 모양의 그림이 그려져 있었다.

"누굴 그렸는지 알아?"

수아가 고개를 저었다.

"정현이가 알려 줬어. 엄마, 아빠, 동생이라고."

선생님은 그림에 그려진 사람들을 하나씩 가리키며 말했다.

'동생?'

수아는 그림을 자세히 들여다보았다. 그림 속 사람 셋은 똑같이 생겼는데, 이상하게 동생 그림이 자신과 닮았다고 생각되었다.

선생님은 화장실을 다녀온 정현이에게 물었다.

"정현아, 이게 누구라고 했지? 누구야?"

정현이는 그림을 쳐다보지 않았지만 선생님은 가만히 기다렸다. 수아는 기다리다가 포기하고는 몸을 돌렸다. 그때였다.

"엄마?"

선생님이 먼저 말을 꺼내고는 정현이가 말하기를 기다렸다.

“엄마, 아빠……, ……내 동생.”

수아는 정확히 들었다. 발음이 정확하지 않아서 다른 사람들은 알아듣지 못하겠지만 수아는 확실히 알아들을 수 있었다. 내 동생.

수아는 놀란 눈을 하고 선생님을 바라보았다. 선생님이 환하게 웃고 있었다.

“그거 봐! 들었지? 정현이가 내 동생이라고 했어. 수아 그린 거야.”

선생님이 흥분해서 소리쳤다.

‘이거구나. 이 느낌! 선생님이 말했던 기쁨이란 게.’

수아는 지난번 캠프에서 선생님이 했던 말을 떠올렸다. 선생님은 정현이와 같은 자폐증이 있는 아이들이 한 번 웃어 주는 게 매일 웃음을 주는 다른 아이들보다 더

행복하게 만든다고 했다. 그 기쁨 때문에 정현이와 같은 아이들을 가르친다는 선생님의 말을 수아는 그때 이해하지 못했다. 그 말이 거짓말처럼 느껴졌다.

수아는 손에 쥔 정현이의 그림을 물끄러미 바라보았다.

'내 동생, 내 동생…….'

정현이의 목소리가 계속 들려오는 듯했다.

집으로 가는 동안 수아는 머릿속으로 가족 그림을 그려 보았다.

'엄마, 아빠, 나 그리고 내 오빠.'

수아는 지쳐서 잠든 정현이를 슬그머니 바라보았다.

'내 오빠.'

여름 방학이 끝났다. 개학 날 수아는 민지에게 먼저 말을 꺼냈다.

"방학 때 나 오빠랑 캠프 갔다 왔어."

"재미있었어? 어디로? 뭐하고 놀았어?"

민지는 궁금한 게 많은지 한꺼번에 물었다. 수아는 정현이 얘기를 꺼낼까 말까 고민했다. 하지만 정현이가 우리와 다르다는 말이 나오지 않았다.

"응. 조금 재미있었어. 캠프 다녀와서 오빠가 내 그림을 그려 줘서 좋았어."

"뭐야? 오빠가 그림 잘 그려?"

민지 말에 수아는 정현이가 그린 그림이 떠올라 피식 웃음이 새어 나왔다.

"진짜 못 그려."

수아가 키득거리며 말했다.

"뭐? 진짜 못 그린다고?"

민지가 되묻자 수아가 고개를 끄덕였다.

'언젠가는 민지에게 말할 수 있을 거야. 언젠가…….'

엄마는 수아와 정현이에게 저녁 메뉴를 고르라고 물었다.

"뭐 시켜 먹을까? 자장면?"

"그건 오빠가 좋아하는 거잖아!"

수아가 불쑥 소리쳤다.

"너도 좋아하잖아?"

"아니야. 난 싫었어."

사실 수아가 자장면을 싫어하는 건 아니다. 늘 정현이가 먼저인 게, 화가 나서 심술을 부린 것이다.

"그랬구나. 엄마는 몰랐어."

엄마가 미안한 표정을 지었다.

수아는 이제 엄마, 아빠가 정현이만 사랑하는 것이 아니라 자신도 똑같이 사랑한다는 것을 알고 있다. 하지만 여전히 정현이가 고집을 부리면 밉고, 엄마, 아빠의 사랑을 독차지하는 것 같아 불쑥 화가 난다. 지금처럼

말이다.

"수아는 뭘 먹고 싶어?"

엄마가 조심스럽게 물었다.

"오빠는 자장면, 나는 ……자장면 곱빼기."

수아가 입꼬리를 씩 올렸다.

"오빠, 난 곱빼기 먹을 거다. 부럽지? 메롱!"

수아는 정현이에게 혀를 쑥 내밀었다. 정현이는 뚱한 모습으로 가만히 있었다. 엄마가 살짝 웃으며 수아와 정현이를 번갈아 보았다. 수아는 서랍장 위 가족사진을 보았다.

엄마, 아빠, 나 그리고 ……오빠.

오빠가 미워도 우리는 가족이다.

작가의 말

보슬비가 내리는 오후였습니다. 한 아이가 보슬비가 내리는 창밖을 오랫동안 보고 있습니다.

나는 그 아이의 시선을 따라 살펴보았지만 무엇을 보는지 알 수 없었습니다.

나는 그 아이에게 묻습니다.

"정현아, 뭐 보고 있어?"

묻기는 했지만 정현이가 바로 대답할 것이라고 기대

하지 않았습니다.

정현이는 대답을 잘하는 아이가 아니었으니까요.

그래도 기다리면 아주 가끔 대답을 해 줍니다. 그래서 좀 기다릴 마음이었지요.

그런데 오늘은 바로 대답을 합니다.

"새 보고 있어."

나는 정현이 대꾸에 기뻐 다시 말을 붙여 봅니다.

"새?"

이번에는 정현이가 대답해 주지 않습니다.

"새가 어디 있어?"

새를 찾으며 다시 물었지만 정현이는 입을 굳게 다물고, 창밖만 봅니다.

정현이가 새를 좋아하는 걸 알기에, 새를 따라 운동장을 달리고 싶다는 걸 알기에, 비가 와서 아무것도 할 수 없어서 마냥 기다리는 마음을 알기에.

이제 더는 묻지 않고, 정현이와 함께 밖을 봅니다. 어서 비가 그쳐서 정현이가 좋아하는 새를 찾아 밖으로 나갈 수 있기를 바라면서요.

오랫동안 정현이와 같은 아이들을 만났습니다. 하지만 아직도 그 아이들을 잘 모르겠습니다. 웃고, 울고, 화를 내는 데는 분명히 이유가 있는데, 그 이유를 찾지 못할 때가 더 많습니다.

눈도 잘 맞추지 않고, 묻는 말에 대답도 잘해 주지 않지만, 아주 가끔 눈을 맞추고, 웃는 그 아이들이 참 예쁩니다. 물론 힘든 날이 더 많습니다. 그리고 그렇게 많은 시간이 지났는데도, 아직도 그 아이들을 잘 알지 못한다는 사실에 힘이 빠지기도 합니다.

우림, 민수, 정민, 지호, 석우, 다민, 진환, 원이……,

지금껏 만나 온 나의 많은 정현이에게, 그리고 우리 주변에 있는 정현이와 그의 가족에게 이 글이 조금이나마 희망이 되었으면 합니다. 그리고 이 책을 읽는 아이들이 정현이와 같이 조금 다르게 생각하고, 반응하는 아이들을 만나고, 그들을 조금이라도 이해할 수 있는 시간이 되기를 바랍니다.

2020년 11월

곽영미

오빠가 미운 날

발행일 초판 1쇄 2020년 12월 22일
글 곽영미
그림 김혜원
편집 김유민
디자인 이진미
펴낸이 김경미
펴낸곳 숨쉬는책공장
등록번호 제2018-000085호
주소 서울시 은평구 갈현로25길 5-10 A동 201호(03324)
전화 070-8833-3170 팩스 02-3144-3109
전자우편 sumbook2014@gmail.com
페이스북 / soombook2014 트위터 @soombook

값 11,000원 | ISBN 979-11-86452-72-1
잘못된 책은 구입한 서점에서 바꿔 드립니다.
이 도서의 국립중앙도서관 출판예정도서목록(CIP)은
서지정보유통지원시스템 홈페이지(http://seoji.nl.go.kr)와
국가자료종합목록 구축시스템(http://kolis-net.nl.go.kr)에서
이용하실 수 있습니다. (CIP제어번호 : CIP2020048799)

'숨쉬는책공장 이야기 나무'는 주로 초등학교 저학년을 대상으로 한 창작 문학을 모은 시리즈입니다.